la cou

D1583892

Les éditions la courte échelle
Montréal • Toronto • Paris

Bertrand Gauthier

Bertrand Gauthier est le fondateur des éditions la courte échelle. Il a publié plusieurs livres pour enfants dont les séries *Zunik*, *Ani Croche* et *Les frères Bulle*. Il a également publié deux romans pour adultes. C'est un adepte de la bonne forme physique. Selon lui, écrire est épuisant et il faut être en bonne forme pour arriver à le faire. Mais avant tout, Bertrand Gauthier est un grand paresseux qui aime flâner. Aussi, il a appris à bien s'organiser. Pour avoir beaucoup... beaucoup de temps pour flâner.

Gérard Frischeteau

Né le 2 septembre 1943, Gérard Frischeteau a illustré plusieurs livres sur les animaux et conçu de nombreuses affiches: prévention du cancer, hébergement olympique, produits laitiers, écologie, etc. Il a aussi réalisé quelques films d'animation (annonces publicitaires pour la télévision et courts métrages à contenu éducatif). Gérard Frischeteau collabore également au magazine *L'actualité*. Depuis maintenant trois ans, à la courte échelle, il illustre la série Ani Croche.

Sinon, il aime les chats... et les promenades en canot, par un beau jour d'été, pour le plaisir de se sentir bien.

Les éditions la courte échelle inc.
5243, boul. Saint-Laurent
Montréal (Québec) H2T 1S4

Conception graphique:
Derome design inc.

Révision des textes:
Odette Lord

Dépôt légal, 3e trimestre 1988
Bibliothèque nationale du Québec

Données de catalogage avant publication (Canada)

Gauthier, Bertrand, 1945-

  La revanche d'Ani Croche

  (Roman-jeunesse ; 13)
  Pour les jeunes.

  ISBN 2-89021-078-2

  I. Frischeteau, Gérard, 1943-   . II. Titre. III. Collection.

PS8563.A97R48 1988   jC843'.54   C88-096238-0
PS9563.A97R48 1988
PZ23.G38Re 1988

Bertrand Gauthier

LA REVANCHE D'ANI CROCHE

Illustrations
de Gérard Frischeteau

Dimanche

Ce matin, mon cher journal, tout va bien.

C'est le mois de mai et il fait beau.

Depuis une semaine, d'ailleurs, il fait toujours beau. Il était grand temps. L'hiver, c'est parfait. L'été aussi. Mais entre les deux, je trouve ça trop long. Il devrait y avoir deux saisons qui dureraient exactement six mois chacune.

Du jour au lendemain, ce serait l'été. Un été ensoleillé avec une brise légère pour nous rafraîchir.

Du jour au lendemain, ce serait l'hiver. Un hiver avec beaucoup de neige mais sans grand froid.

On peut bien rêver, n'est-ce pas, Olivia?

***

Tu me connais, Olivia, et tu as bien raison de sourire.

Habituellement, le beau temps, ce n'est pas suffisant pour me rendre de bonne humeur. Il m'en faut plus que ça. En ce dimanche de mai, cependant, j'ai une autre excellente raison d'être heureuse.

Demain matin, en effet, c'est le grand jour: une semaine complète à la campagne. On s'en va apprendre des choses dans la nature. Avec toute la classe. Loin des parents. Et de toi.

Ne prends pas cet air-là, Olivia. Je ne t'amène pas, c'est décidé. Comprends donc. Même si je le voulais, je ne pourrais pas m'occuper de toi. Ma semaine est déjà pleine d'activités.

En plus, nous serons toujours en groupe. Toujours collées les unes aux autres.

Même le soir, nous coucherons dans des dortoirs. Les moments d'intimité seront rares. Sinon inexistants. Alors je n'aurais pas le temps de t'écrire. Vraiment pas.

Et puis je t'aime, tu le sais bien. Autant que mes parents. Et même plus, très souvent. Ce n'est pas une question d'amour. Mais je suis sûre, Olivia, que je t'aimerai encore plus à mon retour, quand je me serai ennuyée de toi. Pour te consoler, essaie d'imaginer tout ce que j'aurai à te raconter en revenant.

Allons, sois raisonnable.

Laisse-moi faire mes bagages.

***

Aussi bien te l'avouer, Olivia.

De toute façon, je n'ai pas vraiment le choix. Quand j'essaie de te cacher quelque chose, tu le devines toujours. Tu vois si clair en moi.

C'est au sujet de Mario Brutal.

Je ne sais plus quoi faire pour m'en débarrasser. Ces derniers temps, on dirait que c'est pire. Il est de plus en plus follement amoureux de moi, c'est évident. Mais c'est aussi évident que je ne veux rien savoir de lui. Tu m'entends, rien.

Si j'avais le choix, Olivia, je te jure que je préférerais sortir avec Dracula, Frankenstein ou même E.T. qu'avec Mario Brutal. Et j'exagère à peine.

Je n'aime pas et je n'aimerai jamais les épais. Et encore moins les épais qui ne veulent rien comprendre, qui collent et qui deviennent indécollables. Pour mon plus grand bonheur, Mario Brutal devrait se contenter de sa Charlotte Russe.

Mais ce serait trop beau.

Bien entendu, il sera là, à la campagne, le cher Mario, avec notre groupe. Il fait partie de la classe. Je ne peux quand même pas l'empêcher de nous accompagner. Cette situation ne me plaît pas du tout mais c'est comme ça. Je vais tenter de m'y adapter.

Du mieux possible.

Non, non, Olivia, ce n'est pas ce que tu imagines.

Je n'ai pas peur de Mario Brutal, voyons donc. Moi, Ani Croche, peur de Mario Brutal?

Jamais, au grand jamais. Non, disons plutôt qu'il m'énerve dangereusement et ça m'inquiète un peu. Rien de plus.

Au fond, ce n'est pas bien grave. Mais si Mario Brutal n'existait pas, il ne faudrait pas compter sur moi pour l'inventer.

Voilà, c'est dit.

À bientôt, Olivia.

Lundi

Départ dans une heure.

On est tous énervés.

Bien sûr, il faut écouter les dernières recommandations d'usage des professeurs qui vont nous accompagner.

— N'oubliez pas que ce ne sont pas de vraies vacances, explique madame Cédille Pointé-Virgule. Il y aura de la classe quand même durant cette semaine. Je vous demanderais donc d'être aussi appliqués que d'habitude. Et même plus, si c'est possible.

— Ce ne sera pas très compliqué, lance très fort Mario Brutal tout en éclatant de rire.

Toujours aussi épais, ce Mario!

Même si c'est tentant, je ne dois pas jeter de l'huile sur le feu en répondant aux continuelles platitudes de Mario. Je vais me contrôler. Je dois le faire. Mais cette fois, malheureusement, je n'y arrive pas. À voix basse, je dis à Myriam Lacasse, ma meilleure amie.

— On sait bien, tout ce qu'il peut faire, ce Mario Brutal, c'est de copier sur les autres.

Mario m'a entendue. Vivement, il se retourne. Croyant m'impressionner, il me fait alors de gros yeux méchants. Je lui réponds par ma plus belle grimace.

Mario Brutal, tu ne me fais pas peur!

Pour moi, l'important, c'est que Mario sache que je suis au courant qu'il triche. Je suis sûre que les profs le savent aussi.

— On t'aura à l'oeil, mon petit Mario, lance alors monsieur Blaise-Pascal Souffre-Douleur, l'autre prof qui va nous accompagner à la campagne.

Il veut paraître sévère. Monsieur Souffre-Douleur fait son possible pour en imposer aux élèves mais il n'arrive pas à être très convaincant. Mario Brutal en profite largement.

— Ça, ce n'est pas très grave qu'il m'ait à l'oeil, a alors répliqué Mario après la remarque du prof tout en se penchant vers Charlotte Russe. Il ne voit jamais rien, ce pauvre Souffre-Douleur.

— Arrête, Mario, arrête. Tu me

chatouil...ouill...ouill...touilles.

Elle en profite, la Charlotte, pour faire sa petite démonstration du rire étouffé. C'est quelque chose à voir. Et surtout à entendre. Main devant la bouche, elle rit tout en se retenant de rire.

Je n'en reviens pas.

Une vraie folle!

Il faut vraiment être une belle écervelée pour attraper le fou rire à la suite d'une farce plate de Mario Brutal. Je comprendrais que l'on puisse rire de lui. Mais rire avec lui, ça, non!

Pauvre Charlotte Russe, en voulant plaire à tout prix à Mario, elle en devient aussi épaisse que lui! Les adultes disent que l'amour rend aveugle.

Je commence à les croire.

Mais foi d'Ani Croche, on ne m'y prendra pas.

***

On nous a avertis: le voyage en autobus doit durer environ une heure trente.

On prend alors l'autoroute des Laurentides et on se dirige vers l'auberge Le Lièvre et la Tortue. C'est là qu'on habitera.

Moi, je suis assise avec Myriam Lacasse, ma grande amie. On est placées
deux rangées avant le dernier banc de
l'autobus. Le banc à quatre. Et, bien sûr,
comme toujours, il a été monopolisé par
Mario et sa bande.

Il y a tout d'abord Isabelle Flamand qui
se prend pour la Belle au bois dormant.
On a toujours l'impression qu'elle est sur
le point de perdre connaissance. Elle doit
avoir une santé bien fragile, la petite
Isabelle. C'est vrai qu'elle a le teint plutôt
pâle. Elle devrait prendre des vitamines,
ça l'aiderait sûrement.

Des fois, je me dis qu'il faudrait peut-
être la piquer avec une aiguille à coudre.
Comme dans les vieux contes de fées.
Alors, ou bien elle se réveillerait une fois
pour toutes, ou bien elle s'endormirait
pour au moins un siècle. Après cela, on
saurait sur quel pied elle danse.

Mario et Charlotte n'ont pas vraiment
besoin de présentation. Le style est assez
évident. Ils se disputent constamment le
monopole du mauvais goût. Super qué-
taines. Je confie à l'oreille de Myriam.

— Souhaitons que le brillant Mario
Brutal n'enlève pas ses souliers dans

l'autobus. S'il le fait, on n'est pas mieux que morts. Toute la bande. Asphyxiée.

On rigole. De bon coeur.

On imagine la nouvelle dans les journaux. En première page. Oui, trente jeunes qui meurent, on aurait sûrement droit à la première page.

La cause de la mort demeure cependant mystérieuse. L'autobus était arrêté sur le bord de l'autoroute. Nulle trace de violence ni sur l'autobus, ni à l'intérieur. Aux dernières nouvelles, la police n'écartait pas l'hypothèse d'une intervention des extra-terrestres.

— Mais vous n'y êtes pas du tout, s'exclame Myriam tout en mimant une journaliste en plein reportage télévisé. Pourquoi aller chercher les coupables si loin? Notre invitée d'aujourd'hui, l'agente très spéciale Ani Bond, a résolu l'énigme. Le coupable court toujours mais pas pour longtemps.

Elle me tend le micro qu'elle semble tenir à la main. Myriam est bonne dans les imitations. Je prends alors l'air sérieux d'une experte en la matière.

— Pour commencer, j'avertis tout le monde que je dois parler à voix très basse car les autobus ont des oreilles, dis-je d'un ton grave. Rassurez-vous:

ce ne sont pas les extra-terrestres qui ont fait le coup. Non, la cause de la mort de ces pauvres enfants est tout simplement l'apparition d'un nouveau gaz polluant.

— Êtes-vous sérieuse? m'interrompt Myriam. Un gaz polluant?

— Tout ce qu'il y a de plus sérieux, chère madame. Ce gaz a fait son apparition le jour même où un certain Mario Brutal a porté sa première paire de bas ainsi que ses premières bottines de bébé. Il était déjà trop tard: le mal était fait.

— Y a-t-il des solutions? me demande Myriam de son ton dramatique de comédienne.

— Il n'y a qu'une solution au mortel problème: prendre bien soin de brûler tous les souliers, bottines et paires de bas de ce Mario Brutal et enterrer tout ça au moins à cinq mètres sous terre.

On éclate de rire. Il y a de quoi. S'il savait ce qu'on raconte. Il en rougirait peut-être. Mais pas de honte comme il le devrait. Non, de rage.

Cré Mario Brutal! Dire qu'il se trouve beau, intelligent, fort et drôle. Je suis sûre qu'il ne se doute même pas qu'il pue autant. Il essaierait sûrement d'améliorer

la situation. Ce n'est pas Charlotte Russe qui va le lui dire. De toute façon, elle non plus, ne sent pas toujours les roses.

Au fond, s'ils se sentent bien ensemble, Mario Brutal et la Charlotte Russe, c'est ce qui est le plus important.

Pourvu qu'on ne soit pas trop proche d'eux.

***

Le quatrième de la bande, c'est Sébastien Letendre. Et ça, je ne comprends pas.

Comment se fait-il que Sébastien Letendre soit ami avec ces deux-là? Il semble plus intelligent que les autres et il n'est pas laid. Loin de là. Un peu gros mais pas trop. À la limite, je pourrais comprendre qu'il tourne autour d'Isabelle, la Belle au bois dormant.

Pour être franche, moi, Isabelle Flamand, je ne l'aime pas. Je peux cependant comprendre qu'un garçon puisse la trouver intéressante. Non, les garçons doivent sûrement la trouver belle. Elle est beaucoup plus belle qu'intéressante. Elle n'a jamais rien à dire.

Bon, ça peut toujours aller pour la belle Isabelle. Mais trouver intéressants Mario Brutal et Charlotte Russe, là, vraiment, ça me dépasse.

Sébastien Letendre baisse beaucoup dans mon estime. De toute façon, ça ne durera pas très longtemps. Il va sûrement se fatiguer des grosses farces plates de Mario Brutal et des rires gras de Charlotte Russe. Il va aussi se lasser des grands yeux endormis d'Isabelle Flamand.

J'espère pour lui. Il mérite mieux que ça.

***

Dans l'autobus, tout le monde applaudit.

On vient de quitter l'autoroute et l'auberge est en vue. C'est plein d'arbres et ça sent bon. De l'air pur.

Ouf! on a eu de la chance.

À aucun moment du voyage, Mario Brutal n'a retiré ses souliers.

Mardi

— Dors-tu?

— Non, et toi?

— Bien sûr que non. Avec tout ce bruit, comment veux-tu dormir?

Hier soir, il était onze heures trente et on n'arrivait pas à s'endormir.

Dans la pièce d'à côté, les garçons criaient à tue-tête. Un beau début de repos à la campagne. Le soir, ils devraient tous les envoyer coucher dans une autre auberge. Comme ça, nous, les filles, on pourrait dormir en paix.

— Bande de niaiseux, fermez-la qu'on dorme, leur avons-nous crié en choeur.

Nous, les filles, on est regroupées dans une grande pièce avec des lits à deux étages. Myriam et moi, on couche dans le même lit. Elle, en bas. Moi, en haut. On se complète bien. Myriam a le vertige et moi, j'aurais trop peur que le lit du haut me tombe sur la tête.

Monsieur Souffre-Douleur a dû intervenir pour calmer les garçons. Sa méthode a été radicale: il s'est couché dans la même pièce qu'eux. Là, on a enfin eu la paix.

On a pu s'endormir. Finalement.

Il était sûrement passé minuit.

***

— Allez, debout.

Aujourd'hui, c'est la journée plein air.

On va se promener dans les bois avec un animateur de l'auberge qui est un habitué de la nature. Moi, je suis une vraie fille de la ville. Le ciment, l'asphalte, le béton, les automobiles, le métro, les embouteillages, les masses de piétons et les tonnes de moineaux et de pigeons, je connais bien ça. La ville, ça bouge tout le temps et c'est plein de vie.

Et j'adore.

Mais quand il s'agit de campagne et de grande nature, je suis nulle. Il faut dire que pour moi, vivre dans la nature, c'est se lever à cinq heures du matin pour aller traire les vaches. C'est aussi se faire complètement dévorer par les mouches noires ou voir son visage doubler de

volume à la suite des piqûres de maringouins.

J'apprendrai sûrement autre chose
durant ma semaine. Surtout avec un animateur spécialisé. Je suis certaine qu'il
saura me présenter tous les bons côtés
qu'offre la vie dans la nature.

Imaginez.

Je ne sais même pas la différence entre
un sapin, une épinette ou un érable. Heureusement, grâce à Élisabeth, je connais
tout de même la différence entre un bon-
saï et un quelconque arbuste. Elle en a
un chez elle qui est âgé de plus de cin-
quante ans. C'est impressionnant à voir.
Les bonsaïs sont comme de vrais arbres
mais en miniature.

Ça provient du Japon. Ce n'est pas surprenant. Les Japonais n'ont pas le choix: tout faire en miniature, y compris les arbres. Ils sont tellement nombreux à habiter un si petit pays. Ils doivent apprendre à économiser l'espace.

Ce n'est pas comme ici où on est très peu de gens sur un si grand territoire. On peut se permettre de gaspiller, il en reste toujours. Drôle de planète déséquilibrée! Si j'avais eu mon mot à dire, il y a des choses que j'aurais faites autrement. Enfin, passons.

Je sais aussi qu'on achète des sapins pour en faire des arbres de Noël. Encore là, je ne suis pas sûre que ce sont toujours des sapins. Apparemment, les épinettes servent souvent de sapins de Noël. Mais je n'ai jamais entendu personne parler d'une épinette de Noël.

Je suis cependant certaine d'une chose: le délicieux sirop d'érable nous vient de la sève de l'érable. Je n'ai pas grand mérite car tout le monde sait ça.

Mes connaisances de la nature s'arrêtent là.

Cependant je suis prête à apprendre.

***

On se balade dans les bois environnants.

Au passage, notre guide nous signale un geai bleu. Il est superbe. En fait, les deux sont superbes: notre guide et le geai bleu.

— Chut! Chut! dit alors Aimé Lebeau. Écoutez bien.

Il n'a pas besoin d'insister. J'écoute tout en buvant ses paroles. Je n'ai jamais vu quelqu'un porter si bien son nom. Une vraie merveille! Il est beau comme un coeur, le cher Aimé.

On entend des bruits sourds contre un arbre. Ça ressemble à des coups de marteau. Les bruits résonnent jusqu'aux lointaines montagnes qui nous les retournent en écho.

— Vite, vite, regardez, lance alors Aimé en pointant du doigt un gros arbre un peu plus loin. En haut de ce mélèze, il y a un picbois. Il est en plein repas. En frappant sur l'écorce, il fait sortir des larves d'insectes et c'est ainsi qu'il se nourrit.

Un picbois, j'en avais déjà vu un. Dans un dessin animé, à la télévision. D'en admirer un pour vrai, j'admets que c'est impressionnant.

— Tournez doucement la tête à votre gauche, il y a quatre mésanges. Ces oiseaux qui ressemblent beaucoup aux moineaux des villes sont très utiles. Ils avalent des quantités incroyables d'insectes de toutes sortes.

— Y compris des maringouins et des mouches noires?

— Oui, oui, y compris les maringouins et les mouches noires, me répond Aimé en souriant.

Quel sourire!

Ah! que j'aime les mésanges!

Aimé est vraiment gentil. Il répond à toutes nos questions. Même à la question de Mario Brutal qui n'a rien à voir avec nos préoccupations du jour.

— Monsieur, tout ça, c'est bien beau mais moi, je m'intéresse à l'époque des dinosaures. J'aurais une petite question à vous poser au sujet de ces monstres préhistoriques.

— Je peux toujours essayer d'y répondre mais je ne suis pas spécialiste. Allez-y, je ferai mon possible.

— Est-ce vrai que la merde de dinosaures devenait plus petite quand elle entrait en contact avec l'air? J'ai lu ça quelque part. Apparemment, c'est ce qui aurait sauvé la planète d'un super déluge de merde de dinosaures.

J'ai honte.

Pour nous tous, j'ai honte.

Comment faire pour sauver la réputation de la classe? Aimé Lebeau ne doit pas conclure que nous sommes tous des épais comme Mario Brutal. Il faut lui répondre quelque chose, à cet imbécile. Au plus vite.

Mais quoi?

Aimé Lebeau n'a pas l'air de s'en faire avec ça. Il sourit. C'est simple, on cherche à se moquer de lui et il le sait. Il garde son calme. Je trouve qu'il a un très bon caractère. À sa place, j'aurais de la difficulté à garder mon sang-froid. Je l'admire.

Bien sûr, Charlotte Russe ne peut s'empêcher de pouffer de rire. Mine de rien, Aimé Lebeau commence à répondre à Mario.

— Je n'ai jamais entendu cette histoire-là. Mais ça se peut fort bien. On ne sait jamais. Allez donc connaître la vérité. Ça fait des millions d'années que les

dinosaures sont disparus de la surface de notre planète. Depuis ce temps, on a évolué. Beaucoup évolué. Tu en es une preuve vivante, mon jeune ami.

Et vlan!

C'est dit avec un petit sourire en coin. Je l'aime, cet Aimé Lebeau. En plus d'être beau, il sait se défendre.

Du cran et de l'humour à revendre!

Bravo!

Mercredi

Aujourd'hui, grand concours.

Divisés en équipes de deux, il s'agit de faire un petit poème qu'on va réciter devant la classe.

Alors je travaille avec Myriam. Mario et Charlotte forment une autre équipe. Isabelle Flamand et Sébastien Letendre sont dans une autre équipe.

Le sujet du poème est libre. Ce n'est pas toujours facile de dénicher un thème intéressant.

— Myriam, de quoi va-t-on parler?

Il fait si beau aujourd'hui.

Et nous, on est là dehors à se demander de quoi on pourrait bien parler.

— De notre planète, Ani. On pourrait raconter l'histoire de la planète terre.

— Tu ne crois pas, Myriam, qu'on devrait laisser ces sujets-là à l'équipe des surdoués. Après tout, Mario et Charlotte sont des experts dans tout ce qui touche l'évolution de la terre. Laissons à ces dignes descendants des dinosaures le soin de nous éclairer sur ce sujet.

— Tu as bien raison, Ani, mais ça ne règle pas notre problème. Nous, de quoi va-t-on parler?

Il y avait des milliers de sujets possibles sinon des millions et nous, on en cherchait un. Vraiment pas vite, les filles!

— J'en ai un sujet, s'écrie Myriam. On pourrait raconter les aventures d'un flocon de neige...

— ... qui fond très vite sous le soleil de mai. Voyons, Myriam, force-toi un peu. Pourquoi pas les aventures d'une goutte de pluie dans le désert du Sahara?

— Ani, si tu es si bonne, trouves-en un sujet. Et puis, si ça ne fait pas ton affaire, tu peux toujours changer d'équipe.

Cré Myriam, elle se fâche pour rien. Je m'excuse auprès d'elle. Je lui fais comprendre que nous devons absolument gagner cette compétition. Après tout, nous sommes les deux meilleures de la classe et nous allons le prouver. Ce serait honteux de perdre.

Il faut s'efforcer de trouver le sujet le

plus original, le plus drôle, le plus éton-
nant. Celui qui va surprendre tout le
monde. Y compris Aimé Lebeau.

— Surtout Aimé Lebeau, me suis-je
dit intérieurement.

En effet, cet après-midi, ce dernier va
assister à la lecture de nos poèmes. Il fait
partie du jury avec monsieur Souffre-
Douleur et madame Pointé-Virgule.

— Pour tout dire, ma chère Myriam,
ce concours m'énerve beaucoup. Vite, au
travail. Et que les meilleures remportent
la victoire. Nous deux, bien entendu.

On plonge alors dans notre imagina-
tion.

***

Trois heures.

C'est l'heure.

Chaque équipe a deux minutes pour
présenter son poème. Le tirage au sort se
fait. Sébastien Letendre et Isabelle Flamand doivent commencer. C'est sûrement énervant d'être les premiers.
Sébastien fait une courte introduction.

— Nous allons réciter le poème à tour
de rôle. Il y a deux personnages et le titre
du poème est *Le corps est au chaud.*

Sébastien: *Oh! ma douce*
peau d'ours
Je t'aime
de même.

Isabelle: *Oh! les heures*
pleines de douceur
quand j'aime la chaleur
de ton coeur.

Les deux: *Dans la douceur*
des heures
on s'aime
sans gêne.

Je regarde Myriam, les larmes aux yeux. On se mord les lèvres pour ne pas éclater d'un grand fou rire.

— On n'aura pas de difficulté à battre ça, ma chère. C'est difficile de faire plus quétaine. Je ne pensais jamais que Sébastien Letendre pouvait se rendre aussi ridicule.

À tour de rôle, les équipes se succèdent devant la classe.

Rien de bien excitant. Sauf peut-être *Les Noëls blancs du bon vieux temps de nos grands-parents*. Les jumelles Plamondon l'ont composé pour rendre hommage à leur grand-père qui était mort le mois dernier. C'est émouvant de les voir et de les entendre.

Puis, enfin, c'est notre tour. J'explique.

— Pendant que je vais chanter le poème, Myriam Lacasse va vous le danser. Vous allez voir que ça ne manque pas d'action.

Au son d'un violon
nous traverserons
les mers et les monts
sur le dos d'un papillon.

Courageusement nous nous battrons
contre des géants bien ronds
qui souvent chercheront
à nous manger tout ronds.

En un clin d'oeil nous verrons
tout l'univers des poissons
et la Grande Ourse nous visiterons
ainsi que sa voisine Orion.

Ne croyez pas cette chanson
composée par les ronrons
d'un très gros chaton
dormant sous un vieux perron.

On nous applaudit. C'est bien mérité. Nous avons travaillé fort. Notre victoire est assurée. Après tout, il ne reste que deux équipes dont celle de Mario et de Charlotte. Il n'y a pas de menace à l'horizon. Myriam a bien dansé: tour à tour papillon, méchant géant, étoile de mer et gros chaton. Il fallait le faire.

Myriam et moi, on songe sérieusement à monter un spectacle. On a déjà commencé à l'écrire. Ça s'intitule *Les minous s'amusent.* Pour l'instant, on ne peut pas en dire plus.

— Nous voici et on a une petite surprise pour vous, commence Mario Brutal en s'adressant à la classe. Nous sommes les derniers à nous présenter mais votre patience sera récompensée. Notre poème va sûrement vous amuser beaucoup. C'est moi qui vais le lire car Charlotte n'y arriverait pas. Elle en rit sans arrêt depuis qu'on a fini de le composer.

C'est plus fort que moi, je ne peux pas me retenir.

— Tu sauras, Mario Brutal, que Charlotte Russe n'est pas une référence. Elle rit toujours pour rien.

— À vous de juger, me coupe Mario

tout en commençant la récitation de son poème.

> *Il y a une fille*
> *à notre école*
> *et je vous dis que cette fille*
> *c'est un vrai pot de colle.*

Tout le monde devine. Inutile de continuer. Mais je ne comprends pas Charlotte Russe de faire rire d'elle comme ça et d'en rire.

Encore plus idiote que je ne croyais.

Mario Brutal continue de plus belle.

> *Après moi aussi*
> *elle colle elle colle*
> *même si je lui dis*
> *décolle décolle.*

> *Elle m'aime elle m'aime*
> *c'est la grande folie*
> *Elle m'aime elle m'aime*
> *que toujours elle me dit.*

> *De cette fille je suis fatigué*
> *et je veux dire la vérité*
> *et son identité*
> *je vais vous dévoiler.*

Cette fille cette fille
c'est Ani Crotte la croche
Cette fille cette fille
c'est Ani Croche la crotte.

Jeudi

Avant de nous endormir, hier soir, Myriam et moi, on a parlé de cette journée que je n'oublierai pas de sitôt. Le crotté de Mario Brutal!

Me faire ça à moi!

Je vais me venger. Il ne s'en sortira pas aussi facilement. M'humilier ainsi devant toute la classe. Et surtout devant Aimé Lebeau, notre si charmant animateur.

— Mais voyons, Ani, tu sais bien que personne ne croit Mario Brutal, a tenté de me rassurer Myriam. C'est un gros macho de la plus belle espèce qui se prend pour Rambo. Et puis tu devrais te consoler: on a gagné le concours du meilleur poème. C'est ce qui est le plus important. Ani, nous sommes les meilleures.

— Je m'en fous, Myriam, d'avoir gagné le concours et d'être les meilleures de cette classe d'imbéciles. Parce que je l'ai bien vu, tout le monde a ri de sa grosse farce plate. On a peut-être gagné mais il les a fait rire.

— Non, c'est faux, Ani, pas tout le monde. Moi, je n'ai pas trouvé ça drôle. Monsieur Souffre-Douleur et madame Pointé-Virgule, non plus. Ils l'ont fortement disputé. Mais tu connais Mario Brutal: il se moque de tout le monde.

— Oui, je sais. Mais je vais lui montrer, moi, à qui il a affaire. Il va me le payer. Et plus cher qu'il ne peut s'imaginer.

— Allez, allez, oublie ça. Dors et fais de beaux rêves. Demain, on aura d'autres chats à fouetter que Mario Brutal.

— Pas question, lui ai-je dit en guise de conclusion. Il verra bientôt de quel bois je me chauffe.

J'avais les nerfs en boule. J'étais inconsolable. Mais une chose était sûre: je voulais me venger.

Je devais le faire.

***

Heureusement, cet après-midi, on a congé.

En classe, ce matin, je n'ai pas pu dire

un traître mot. J'en étais bien incapable. J'avais encore trop la rage au coeur. Si j'avais parlé, j'aurais eu des sanglots dans la voix. Un mélange d'humiliation et de rage.

Si j'avais pu, devant tout le monde, j'aurais étripé Mario le crotté en prenant un malin plaisir à le faire souffrir comme il faut. Avec délices, je l'aurais jeté vivant dans l'eau bouillante. On le fait avec de pauvres petits homards innocents. Alors, on peut bien le faire avec un gros dinosaure épais.

Par contre, ce matin, j'ai eu une consolation.

Sébastien Letendre m'a écrit un mot pour me dire son désaccord avec l'attitude de Mario Brutal. C'est gentil de sa part.

Non, non et non. Tu n'es pas une coureuse de garçons. Encore moins une colleuse. Loin de là. À vrai dire, je te trouve même un peu trop indépendante. Il faut pardonner à Mario. Il n'est pas vraiment méchant. Il est juste un peu frustré.

Moi, Ani Croche, pardonner à Mario Brutal un tel affront? Es-tu vraiment sérieux, Sébastien Letendre? Ma foi, tu délires. En plus, je devrais m'apitoyer sur le sort du pauvre petit Mario. Après tout, je pourrais peut-être lui faire la bise parce qu'il est frustré.

Jamais, au grand jamais, je ne lui pardonnerai.

Pas question.

Et puis, de quoi j'aurais l'air? Une humiliation, c'est bien suffisant. C'est à lui de s'excuser. Et même là, je ne suis pas sûre que je voudrais écouter ses excuses. C'est un affront de taille.

Ça mérite une vengeance de taille.

***

Depuis hier soir, mon plan prend forme.

Avec le mot de Sébastien reçu ce matin, je me dis que je peux peut-être compter sur lui pour m'aider à assouvir ma vengeance. Je n'ai rien à perdre à essayer de le convaincre. D'une pierre, deux coups: me venger de Mario tout en lui enlevant son meilleur ami.

Ce serait trop beau.

Ma fidèle Myriam, c'est sûr, elle va me suivre. Même si elle trouve que je devrais oublier toute cette malheureuse histoire au plus vite, elle ne m'abandonnera pas.

Quand sonnera l'heure de la revanche, elle sera là. Après tout, une vraie amie, c'est fait pour nous aider et nous comprendre. Pas pour nous juger. Et pour moi, Myriam, c'est une vraie amie.

***

— Fais-le pour moi, Sébastien, j'ai

besoin de quelqu'un dans le dortoir des garçons. Tu seras mon espion. Mario n'en saura rien. Il ne pourra pas t'en vouloir. Ni à moi, d'ailleurs. Si tout va bien, il ne trouvera jamais qui est responsable de tout ce qui lui arrive.

— Mais il va deviner que c'est toi. Il n'est quand même pas si nono que ça. Il se doute que tu lui prépares quelque chose. Il fait le brave comme ça mais je sais qu'il a peur. Alors il se méfie.

— Ne t'inquiète pas, tout ira comme sur des roulettes. Si tu m'aides, tu n'auras pas à le regretter.

Sébastien n'est pas facile à convaincre.

Finalement, il accepte de m'aider.

***

Myriam, Sébastien et moi allons à la chasse aux grenouilles. Il faut en attraper trois bien vivantes. Ce n'est pas simple à faire. À l'auberge, on emprunte un grand filet qui sert habituellement à la chasse aux papillons.

Au bout d'une heure, rien.

On a vu beaucoup de grenouilles mais ces petites bêtes sautillent vite. C'est bizarre, on dirait qu'elles nous voient

venir. Elles pressentent le danger. Ma foi, elles lisent dans nos pensées.

Je me dis que ces grenouilles sont peut-être sorties directement des livres de contes de fées. Elles attendent le signal pour se transformer en beaux princes ou en belles princesses.

Puis, coup de chance: on en capture deux en même temps. Elles sont bien vivantes et se débattent dans le filet. Mais rien à faire, elles sont devenues nos prisonnières. Seulement pour quelques heures. Juste le temps de participer activement à ma vengeance.

— Les pauvres petites bêtes, dis-je à mes deux complices. Elles devront peut-être subir une terrible épreuve. Elles ne savent pas ce qui les attend.

Deux grenouilles, ce sera bien suffisant. On les cache près du lac, à l'abri des regards indiscrets.

— Il ne faut pas oublier l'endroit, ajoute Sébastien. Vous devrez revenir les chercher pour les amener à leur rendez-vous.

Puis vite, nous nous dirigeons vers l'auberge.

Dans le grenier.

C'est là que sont entreposés tous les déguisements qui servent aux clients de l'endroit lors des différents bals costumés. Sans peine, on obtient la permission d'Aimé d'aller y jeter un coup d'oeil. Pour un grenier, ce n'est pas très poussiéreux.

C'est plein de merveilles!

Tout ce qu'il nous faut!

On choisit un grand collant noir avec un squelette dessiné à l'avant et à l'arrière. Ce sera pour Myriam. Moi, je découvre un affreux masque de monstre qui brille dans le noir. Il me va comme un gant. Sébastien n'aura pas à se déguiser mais ça ne l'empêche pas d'admirer tous ces beaux costumes.

On se dépêche d'aller cacher le collant et le masque dans notre chambre, sous notre lit. Toute cette excitation m'a ouvert l'appétit. Je recommence à avoir faim. Après tout, je n'ai presque rien mangé de la journée. Je remonte la pente.

Au souper, je pousse même l'audace jusqu'à sourire à Mario Brutal. J'affiche ma bonne humeur. Il ne faut pas qu'il se doute de quelque chose. Cette nuit, il doit dormir sur ses deux oreilles.

Je commence à être impatiente. Le moment de la revanche va bientôt sonner.

Encore quelques heures.

J'ai hâte.

***

Presque minuit.

Je descends lentement de mon lit.

— Myriam, on y va.

— Quoi? Quoi?

— Chut, chut, lève-toi, c'est l'heure!

Je m'approche du mur nous séparant

du dortoir des garçons. Je toussote trois fois, j'attends en silence et je refais trois autres toussotements. Sébastien me répond de la même manière.

C'est le signal convenu. Sébastien est bien réveillé et Mario bien endormi.

On peut y aller. On s'habille à toute vitesse.

Une fois rendues près du lac, on retrouve Sébastien. Il semble nerveux. Je m'inquiète.

— Es-tu sûr qu'il est bien endormi?

— Oui, oui, Ani, il ronfle comme une locomotive. Ani, j'ai peur. Et si ça ne marchait pas?

— Trop tard pour reculer, Sébastien. Ne t'inquiète pas, tout ira bien.

En disant cela, je l'embrasse sur la joue.

— Mais, voyons donc, je ne voulais pas reculer. Je pensais simplement...

— Allons-y, dis-je en coupant court aux explications de Sébastien. Minuit vient de sonner.

On récupère les deux grenouilles. On se dirige ensuite vers le dortoir des garçons. Arrivés là, Sébastien remonte délicatement les couvertures qui couvrent le lit de Mario.

Myriam et moi, on s'installe de chaque côté du lit de Mario Brutal avec une grenouille chacune dans nos mains. Je suis nerveuse. Il y a de quoi.

Tout est prêt. Je donne le signal à Myriam. Une grenouille sous les couvertures et l'autre sur le visage de Mario. Ça y est, c'est parti.

En même temps, on s'écrie en levant les bras au ciel:

— Alerte générale! Une attaque des extra-terrestres. Sauve qui peut! Sauve qui peut!

Sébastien se jette sur Mario comme s'il

venait de tomber en bas du lit à deux étages. Mario se met à crier comme un déchaîné. Dans son affreux pyjama, il bouscule Sébastien, quitte son lit et se met à courir un peu partout. Myriam et moi, on le poursuit en criant de plus belle.

Monsieur Souffre-Douleur se réveille et s'approche pour voir ce qui se passe. L'apercevant, Mario fonce vers lui et lui saute au cou en pleurant. Le beau portrait attendrissant.

Je ne rate pas une telle chance.

Mon polaroïd est prêt. Et moi aussi. Clic! Clic! Une belle photo du courageux Mario Brutal pleurant dans les bras de monsieur Souffre-Douleur.

En vitesse, Myriam et moi, on quitte les lieux. Vite, les déguisements par la fenêtre. En dessous, nous avons nos pyjamas. En moins de temps qu'il ne faut pour le dire, nous sommes recouchées. Deux anges à la campagne.

Mission accomplie!

Ni vues! Ni connues!

Vendredi

La même autoroute.

Cette fois, en sens inverse.

Moi, j'ai le meilleur siège de l'autobus. J'en suis sûre. Un vrai rêve.

Imaginez un peu.

Je suis assise à côté d'Aimé Lebeau. Mais oui, le bel animateur de la semaine. Celui qui porte si bien son nom et qui connaît la nature comme le fond de sa poche. En plus, il semble très bien comprendre les jeunes, lui.

Un coup de chance!

Il devait se rendre à Montréal pour quelques jours. Sachant cela, monsieur Souffre-Douleur lui a proposé de faire le voyage avec nous. Il a accepté. Quel heureux hasard!

Pour le reste, fini le hasard.

Lorsqu'est venu le temps de monter dans l'autobus, je me suis arrangée pour suivre le bel Aimé. Comme ça, juste derrière lui, quand il s'est assis, j'ai pu facilement prendre place à ses côtés.

Sébastien Letendre, c'est bien mais Aimé Lebeau, c'est encore mieux. Malgré tout ça, je ne sais pas quoi lui dire. Pour l'instant, je n'ai pas à me préoccuper de trouver des sujets de conversation. En effet, Aimé sort aussitôt de son sac un gros livre. Il aime la lecture. Moi aussi. On est faits pour s'entendre.

De toute façon, de le sentir à mes côtés, c'est largement suffisant. J'aime mieux imaginer ce qu'on pourrait se raconter. Si je lui parlais pour vrai, je pense que je déformerais tous les mots. J'aurais l'air d'une vraie nouille.

Pauvre Sébastien! Il paraît déçu. Je le comprends. Il s'attendait à faire le voyage de retour à mes côtés. S'il a déserté la bande à Mario, c'est uniquement pour moi. Au lieu de ça, il se retrouve avec Myriam.

Elle est gentille, Myriam! Ce n'est pas cela. Mais pour un garçon, elle manque de maturité. Elle fait encore un peu bébé. On dirait qu'elle n'a pas encore compris certaines choses importantes de la vie.

Même si on a toutes les deux presque dix ans, j'ai l'air beaucoup plus vieille qu'elle. Et moi, il faut bien le dire, je suis éveillée aux choses de la vie. C'est pour ça que les garçons s'intéressent tant à moi.

Je les comprends.

C'est pour ça aussi que j'aime les garçons plus vieux que moi. Je n'ai pas vraiment le choix. Ceux de mon âge ne sont pas de taille à me suivre dans mes conversations et mes préoccupations. C'est ainsi fait.

Alors moi, je m'adapte.

***

Sur le banc arrière, le banc à quatre, Sébastien Letendre n'est donc plus là. Il a été remplacé par Carlo Bravo, un véritable chanteur de pommes. À la façon dont

Isabelle se laisse jouer dans les cheveux par Carlo, on voit bien qu'elle s'est vite consolée de l'absence de Sébastien.

J'espère que ça lui servira de leçon. Ça sautait aux yeux qu'Isabelle n'était pas une fille pour Sébastien. Tout compte fait, il serait bien mieux avec Myriam. C'est sûr, idéalement, c'est avec moi qu'il serait le plus heureux. Mais rien à faire: je ne suis pas disponible.

Comme d'habitude, à l'arrière, une voix domine toutes les autres. C'est encore Mario Brutal qui continue à faire le fanfaron.

— J'ai bien ri, hier soir. Je ne sais pas qui a essayé de me faire peur mais c'était raté. Complètement raté. Je crois même que je leur ai fait peur, à ces stupides fantômes. C'est bien mal connaître Mario Brutal que de s'imaginer qu'on peut lui faire peur avec des histoires de fantômes.

Il n'arrêtera donc jamais de se vanter et de se penser le plus fort. Il a eu la peur de sa vie mais il ne l'avouera pas. S'il ne cesse pas bientôt ses vantardises, je vais intervenir de nouveau.

— Et puis, avez-vous remarqué que ma petite crotte d'Ani Croche continue à faire son indépendante avec moi? Elle meurt d'envie de m'embrasser mais elle est trop timide pour le faire. Regardez, regardez, elle rougit. Pauvre petite crotte, ce n'est pas drôle d'être aussi timide que ça.

Je suis sûrement beaucoup plus rouge qu'un homard. Je raidis, des cheveux jusqu'aux ongles d'orteils. J'essaie de me contrôler. Il faut le faire.

Je me parle.

— Du calme, Ani, du calme. À cause de cet épais de Mario, je ne vais tout de même pas me fâcher. Non, l'important c'est Aimé Lebeau. Il ne doit pas avoir l'impression que j'ai mauvais caractère. Si je ne réagis pas, Mario va s'arrêter.

Mais Mario ne lâche pas et continue de plus belle.

— Je te donne un conseil, la crotte. Avant de venir m'embrasser, prends de l'expérience. Moi, j'en ai de l'expérience. Charlotte en sait quelque chose. Quand j'embrasse une fille, je sais comment faire. Alors profites-en: pratique-toi avec Aimé Lebeau et quand tu seras prête, viens me voir.

Je me tourne vers Aimé. Je vois un léger sourire qui se glisse aux confins de ses lèvres. Je n'en reviens pas. Comment peut-il oser sourire à de telles imbécillités? À son âge.

Vraiment, les gars, tous des imbéciles!

Y en a-t-il au moins un qui ne l'est pas?

J'en doute.

***

C'est décidé.

Trop, c'est trop.

Je sors la précieuse photo de mon sac. Là, l'épais de Mario ne pourra pas nier. En bas de la photo, j'inscris la phrase suivante:

Pour ceux et celles qui ne le savent pas, les dinosaures ont toujours eu peur des grenouilles et des fantômes.

Ensuite, je me dirige directement vers l'avant de l'autobus. Je vais montrer à tout le monde de quoi a l'air notre brave Mario Brutal, ce digne descendant de l'époque glorieuse des dinosaures, quand il est attaqué par des petites grenouilles inoffensives.

Il n'a pas peur des fantômes. Oh non! Regardez-le dans les bras de monsieur Souffre-Douleur. Il est charmant, n'est-ce pas? Il n'a pas l'air effrayé du tout. C'est évident, notre cher Mario n'a peur de rien.

Au contraire, ça prend du courage, beaucoup de courage pour se jeter dans les bras de son professeur, en pleine nuit, en criant et en pleurant. Peu de gens

oseraient se rendre aussi ridicules. Mario, c'est le brave des braves à qui il faudrait décerner une médaille.

Lentement, d'un banc à l'autre, je montre mon trophée. Tout le monde trouve ça bien drôle. Cependant, on ne rit pas trop fort. Tous craignent un peu les réactions de Mario Brutal.

À la fin, il ne reste que le banc à quatre à visiter. Le fameux banc arrière. Le domaine de Mario Brutal. Je m'arrête avant de m'y rendre et je retourne vers ma place à côté d'Aimé.

— On ne vient pas montrer à son petit Mario chéri ce qui fait tant rire le monde, me lance alors le super héros juste avant que je m'assois.

Je souris. Malicieusement.

Non, je ne vais pas rater une si belle occasion. D'un pas décidé, je me dirige vers le fond de l'autobus. Je ne perds pas une seconde et je lui tends la photo.

— Tiens, je t'offre un cadeau. Tu l'as bien mérité. Ne me remercie surtout pas, c'est de bon coeur. Ça te fera un beau souvenir. Je la vois très bien, cette photo, dans le dictionnaire, pour illustrer le mot courage. Et puis...

Je ne finis pas ma phrase. Mario s'élance et tente de me frapper. À ce petit jeu, je suis rapide. Je vois venir le coup. D'un geste vif, j'évite son poing en me penchant. Puis à mon tour, je lui donne un solide coup de pied sur la jambe. Juste où ça fait mal. Il se tord de douleur.

Aimé Lebeau et monsieur Souffre-Douleur viennent aussitôt nous séparer. Mario se débat et crie comme un déchaîné.

— Tu vas me le payer, Ani Crotte, tu vas me le payer très cher. Tu n'as pas fini avec moi.

Ils réussissent finalement à le maîtriser.

Je suis fière de moi.

Et je sais que Mario Brutal vient de subir l'affront suprême: se faire battre par une fille.

Devant toute la classe.

Ani Bond vient de vaincre Rambo.

Samedi

Vite, mon cher journal.

Quelle semaine j'ai vécue là, Olivia!
Loin de toi, de ma mère, de mon père, de
Montréal.

Difficile de te raconter tout ce que j'ai
vécu. Je ne sais pas par quel bout commencer.

Avant tout, je veux que tu comprennes
bien ceci: je me suis ennuyée de toi.
Chaque fois que je reste trop longtemps
sans t'écrire, c'est la même chose. Après
seulement quelques jours, tu me man-
ques tellement. J'ai beau me dire que...

Olivia, tu ne m'écoutes pas. Ah oui! tu
as surtout hâte de savoir. Après tout, ce
qui compte, c'est que je suis là. Tu as
bien raison. Alors allons-y.

Tout d'abord, Olivia, je veux t'expli-
quer que je ne suis pas méchante. Je
veux te rassurer là-dessus. Avant toute
chose, c'est important que tu me croies.

Je ne veux faire de mal à personne. Tu m'entends? À personne. Mais je tiens à me faire respecter. C'est normal, tu ne penses pas?

Qu'aurais-tu fait à ma place?

Je m'en doutais et c'est arrivé. Mario Brutal a exagéré. Il a cherché à m'humilier devant tout le monde. Je ne pouvais quand même pas me laisser bafouer par ce garçon de malheur.

Il prend un malin plaisir à me provoquer. Il ne lâche jamais et passe son temps à tenter de me ridiculiser. Vraiment infatigable à ce petit jeu. Mais Mario a appris à ses dépens que ce petit jeu peut aussi se jouer à deux.

Je savais que Mario Brutal était amoureux de moi. D'ailleurs, je t'en avais déjà parlé. Mais aussi amoureux que ça, c'est surprenant. Et c'est bien évident qu'il devient de plus en plus frustré parce que je le repousse.

Comment faire autrement?

Je ne vais quand même pas me forcer à l'aimer. Ouache, juste à y penser! J'aimerais mieux embrasser une grenouille que lui. Ou même un dinosaure s'il en existait encore.

Dans tout ça, Olivia, je n'ai fait que me défendre. Uniquement. C'est lui qui a commencé en riant de moi dans son affreux poème. J'aurais dû me taire et subir ses insultes, je suppose. Non, Olivia, me taire, ce n'est pas mon genre. Subir non plus. Et je n'ai pas l'intention de changer.

Si je n'avais pas réagi assez vite, j'aurais sûrement un bel oeil au beurre noir. Ce matin, tu rirais de moi avec ma tranche de steak sur l'oeil. À la place, aujourd'hui, c'est Mario qui doit avoir un gros bleu sur la jambe. Et moi, je me prépare à manger un bon steak avec de délicieux champignons.

Non, plus j'y pense, plus je me dis que j'avais raison et moins je regrette ce que j'ai fait.

Sauf une chose peut-être.

Une toute petite.

En revenant, j'aurais bien dû m'asseoir à côté de Sébastien Letendre dans l'autobus. Il l'aurait mérité plus qu'Aimé Lebeau. Sébastien, lui, n'a pas souri aux farces plates de Mario.

Et puis Aimé est peut-être bien beau mais il m'a prouvé qu'il ne comprenait rien aux jeunes de mon âge. Tandis que Sébastien me semble... disons... intéressant et intéressé.

J'espère qu'il ne m'en veut pas trop.

Voyons, Olivia, encore les grands mots: je ne suis pas amoureuse de Sébastien Letendre. Ni de lui, ni d'aucun autre. Où vas-tu chercher de pareilles idées? Tu n'écoutes pas quand je te parle. J'ai dit intéressant et intéressé, pas autre chose.

On pourra devenir des amis. Je sais déjà que ce sera difficile, pour Sébastien Letendre, de ne pas devenir amoureux de moi. C'est ainsi. Les garçons tombent facilement amoureux de moi. Je dois m'y habituer et ne pas m'en faire avec ça.

Et puis on verra bien.

Lundi matin.